মদে ভেসে যাওয়া একটা প্লট

BY

দেবাশিস তেওয়ারী

ISBN 978-93-5438-472-1
© দেবাশিস তেওয়ারী 2020
Published in India 2020 by Pencil

A brand of
One Point Six Technologies Pvt. Ltd.
123, Building J2, Shram Seva Premises,
Wadala Truck Terminal, Wadala (E)
Mumbai 400037, Maharashtra, INDIA
E connect@thepencilapp.com
W www.thepencilapp.com

Author biography

 Born: 14th January 1982. He started writing poetry at a very young age. In 2002, he was introduced to the wider readership by publishing poems in the first Sharad Desh Magazine.   Year Shardiya was invited to write in Anandabazar patrika. Profession: Teaching in government schools (Bangla language and literature).

 So far, the number of books of poetry published by the poet is 9. The last book of poetry has been published by Ananda Publishers (Signet Press). He is also interested in translation literature. He has written many articles in the weekly Vartaman Patrika.   Lots to love reading and walking.

About "Made Vese Jawa Ekta Plot"

Contents

তরুণ বয়েস

দূরে জ্বলছে

প্রাণতত্ত্ব

দেখে নিচ্ছে কয়েকটা পাগলে

এটাই প্রতীক

ও পাগলা ঝাঁঝেই মরবে

ছাই-ভস্ম উড়ে আসছে গায়

রবির হাতের ছাপ

বোলে মেরে লিপস

সম্পর্কের লীন

জিরো টিলেজ

About this Book

Blank

Blank

Manuscript Title and Author Name

মদে ভেসে যাওয়া একটা প্লট

দেবাশিস তেওয়ারী

Acknowledgement

দেবার্ঘ্য তেওয়ারী(দীপ্ত)-কে

Blank 2

Blank

Contents

Blank 3

Blank

প্রতিহিংসা কাঁপে

যখন যেভাবে আসে লিখে ফেলতে হয়

ঈশ্বরের উপপাদ্য—বিশ্বাসের জয়

'ঈশ্বর ক্রমিকবস্তু নাম্বারে বসা না'
প্রহেলিকা একটি ফুল—অঙ্কুরিত দানা

ফুলগুলো খেলা করে কিছু যায় সরে
হিসেবের পাতা থেকে বিরহের ঘোরে

খোঁজার ধরণ চাই, খোঁজার ধরণ
প্রহেলিকা বিন্দুমাত্র—বিশ্বাসে মরণ

মরণ বিশ্বাসে নয়, মরণ নিশ্বাসে
প্রতিহিংসা কাঁপে যার নাম লেখা ঘাসে।

ভরাভাদরের চিঠি

উদ্দাম গাছের ফল নীচে পড়তে পড়তে

গলে যাচ্ছে দুঃখভরা চটের থলিতে।
নীচে কোনও খাওয়ার আকাঙ্ক্ষা নেই আর
যতদূর দৃষ্টি যায় পথে পথে বিবেক ছড়ানো
বিপরীতটুকু প্রচ্ছায়ার।

সেই হেতু ফসলের নির্বাণের তীরে
খোলা হয় চটের থলিটি
কামিনীকাঞ্চন নিয়ে গণ্ডা গণ্ডা ফল—
যেন ভরাভাদরের চিঠি।

যেখানে যা নেই

বিভেদ রঙের একটা দীনতা

আমার লেখার টেবিলে বসে ইতিউতি চাইছিল
সে-কী খুঁজতে চাইছিল কোনও ভূমিখন্ড?
কোনও বেড়াজালহীন দেশখন্ড অথবা শ্রীখন্ড?
তা হবে হয়তো, তা হবে...

দয়াদাক্ষিণ্য রঙের একটা পরার্থপরতা
সবসময় আমার কাছে-কাছেই থাকে
আমি হাঁটলে সে হাঁটে, আমি বসলে সে বসে
আমি কাঁদলে সেও কাঁদে
কেবল হিংসা-রঙের একটা আদর সেখানে নেই
কেবল অবুঝ-রঙের একটা বোঝাপড়া সেখানে থাকে না।

লড়াই

লড়াইটা একমাত্র প্রতীকী

বাকিটুকু ট্রেডমিলে, গেমসের ভাড়ায় যাতে
অন্যেরাও খরচা করে সিকি

সে কী আনন্দের, নাকি দুঃখের ফিকির

দুঃখটুকু তুলে নাও, আনন্দের রোদে পোড়ে
পুরো মাথা
বম-বম-চিকি

নিয়মরক্ষা

একপ্রকার ছলনা

যার আরেক নাম নিয়মরক্ষা।

তুমি বেরসিক
না- বুঝেই ঘরের দরজা ভেজিয়ে দিলে
সাবলীল হল তোমার কর্তব্য রক্ষা,
আমি নিয়ম মানলেও
তুমি উচিত আর অনুচিতের মাঝখানে
যে বেড়া দিয়েছিলে
তা-টপকে চলে যাচ্ছে লক-ডাউনের লোক।

ধাপার মাঠ পরিস্কার হচ্ছে,

COVID-19 নামক যে রোগটা নতুন এসেছে
তার নাম তুমি দিলে নির্বাসন।

শৃঙ্খলা নামক পরাজয় তোমাকে আর
তিষ্ঠতে   দিচ্ছে না।
তবুও তোমার সাবলীল ভ্রূ-ভঙ্গি
উড়ে যাচ্ছে বিধিনিষেধের সংখ্যাগরিষ্ঠ মাঠে।
সারসার লোক COVID-19 কে পরোয়া না করে
কুড়িয়ে নিচ্ছে সফেদ হাসি।

লোকে বলছে ওটাও নিয়মরক্ষা।
একপ্রকার ছলনা
যার আরেক নাম নিয়মরক্ষা।

তুমি বেরসিক
না- বুঝেই ঘরের দরজা ভেজিয়ে দিলে
সাবলীল হল তোমার কর্তব্য রক্ষা,
আমি নিয়ম মানলেও
তুমি উচিত আর অনুচিতের মাঝখানে
যে বেড়া দিয়েছিলে
তা-টপকে চলে যাচ্ছে লক-ডাউনের লোক।

ধাপার মাঠ পরিস্কার হচ্ছে,

COVID-19 নামক যে রোগটা নতুন এসেছে
তার নাম তুমি দিলে নির্বাসন।

শৃঙ্খলা নামক পরাজয় তোমাকে আর
তিষ্ঠতে   দিচ্ছে না।
তবুও তোমার সাবলীল ভ্রু-ভঙ্গি
উড়ে যাচ্ছে বিধিনিষেধের সংখ্যাগরিষ্ঠ মাঠে।
সারসার লোক COVID-19 কে পরোয়া না করে
কুড়িয়ে নিচ্ছে সফেদ হাসি।

লোকে বলছে ওটাও নিয়মরক্ষা।
একপ্রকার ছলনা
যার আরেক নাম নিয়মরক্ষা।

তুমি বেরসিক
না- বুঝেই ঘরের দরজা ভেজিয়ে দিলে
সাবলীল হল তোমার কর্তব্য রক্ষা,
আমি নিয়ম মানলেও
তুমি উচিত আর অনুচিতের মাঝখানে
যে বেড়া দিয়েছিলে
তা-টপকে চলে যাচ্ছে লক-ডাউনের লোক।

ধাপার মাঠ পরিস্কার হচ্ছে,

COVID-19 নামক যে রোগটা নতুন এসেছে
তার নাম তুমি দিলে নির্বাসন।

শৃঙ্খলা নামক পরাজয় তোমাকে আর
তিষ্ঠতে   দিচ্ছে না।
তবুও তোমার সাবলীল ভ্রু-ভঙ্গি
উড়ে যাচ্ছে বিধিনিষেধের সংখ্যাগরিষ্ঠ মাঠে।
সারসার লোক COVID-19 কে পরোয়া না করে
কুড়িয়ে নিচ্ছে সফেদ হাসি।

লোকে বলছে ওটাও নিয়মরক্ষা।
একপ্রকার ছলনা
যার আরেক নাম নিয়মরক্ষা।

তুমি বেরসিক
না- বুঝেই ঘরের দরজা ভেজিয়ে দিলে

সাবলীল হল তোমার কর্তব্য রক্ষা,
আমি নিয়ম মানলেও
তুমি উচিত আর অনুচিতের মাঝখানে
যে বেড়া দিয়েছিলে
তা-টপকে চলে যাচ্ছে লক-ডাউনের লোক।

ধাপার মাঠ পরিস্কার হচ্ছে,

COVID-19 নামক যে রোগটা নতুন এসেছে
তার নাম তুমি দিলে নির্বাসন।

শৃঙ্খলা নামক পরাজয় তোমাকে আর
তিষ্ঠতে   দিচ্ছে না।
তবুও তোমার সাবলীল ভ্রূ-ভঙ্গি
উড়ে যাচ্ছে বিধিনিষেধের সংখ্যাগরিষ্ঠ মাঠে।
সারসার লোক COVID-19 কে পরোয়া না করে
কুড়িয়ে নিচ্ছে সফেদ হাসি।

লোকে বলছে ওটাও নিয়মরক্ষা।
একপ্রকার ছলনা
যার আরেক নাম নিয়মরক্ষা।

তুমি বেরসিক
না- বুঝেই ঘরের দরজা ভেজিয়ে দিলে
সাবলীল হল তোমার কর্তব্য রক্ষা,
আমি নিয়ম মানলেও
তুমি উচিত আর অনুচিতের মাঝখানে

যে বেড়া দিয়েছিলে
তা-টপকে চলে যাচ্ছে লক-ডাউনের লোক।

ধাপার মাঠ পরিস্কার হচ্ছে,

COVID-19 নামক যে রোগটা নতুন এসেছে
তার নাম তুমি দিলে নির্বাসন।

শৃঙ্খলা নামক পরাজয় তোমাকে আর
তিষ্ঠতে   দিচ্ছে না।
তবুও তোমার সাবলীল ভ্রু-ভঙ্গি
উড়ে যাচ্ছে বিধিনিষেধের সংখ্যাগরিষ্ঠ মাঠে।
সারসার লোক COVID-19 কে পরোয়া না করে
কুড়িয়ে নিচ্ছে সফেদ হাসি।

লোকে বলছে ওটাও নিয়মরক্ষা।
একপ্রকার ছলনা
যার আরেক নাম নিয়মরক্ষা।

তুমি বেরসিক
না- বুঝেই ঘরের দরজা ভেজিয়ে দিলে
সাবলীল হল তোমার কর্তব্য রক্ষা,
আমি নিয়ম মানলেও
তুমি উচিত আর অনুচিতের মাঝখানে
যে বেড়া দিয়েছিলে
তা-টপকে চলে যাচ্ছে লক-ডাউনের লোক।

ধাপার মাঠ পরিস্কার হচ্ছে,

COVID-19 নামক যে রোগটা নতুন এসেছে
তার নাম তুমি দিলে নির্বাসন।

শৃঙ্খলা নামক পরাজয় তোমাকে আর
তিষ্ঠতে   দিচ্ছে না।
তবুও তোমার সাবলীল ভ্রু-ভঙ্গি
উড়ে যাচ্ছে বিধিনিষেধের সংখ্যাগরিষ্ঠ মাঠে।
সারসার লোক COVID-19 কে পরোয়া না করে
কুড়িয়ে নিচ্ছে সফেদ হাসি।

লোকে বলছে ওটাও নিয়মরক্ষা।
একপ্রকার ছলনা
যার আরেক নাম নিয়মরক্ষা।

তুমি বেরসিক
না- বুঝেই ঘরের দরজা ভেজিয়ে দিলে
সাবলীল হল তোমার কর্তব্য রক্ষা,
আমি নিয়ম মানলেও
তুমি উচিত আর অনুচিতের মাঝখানে
যে বেড়া দিয়েছিলে
তা-টপকে চলে যাচ্ছে লক-ডাউনের লোক।

ধাপার মাঠ পরিস্কার হচ্ছে,

COVID-19 নামক যে রোগটা নতুন এসেছে

তার নাম তুমি দিলে নির্বাসন।

শৃঙ্খলা নামক পরাজয় তোমাকে আর
তিষ্ঠতে   দিচ্ছে না।
তবুও তোমার সাবলীল ভ্রু-ভঙ্গি
উড়ে যাচ্ছে বিধিনিষেধের সংখ্যাগরিষ্ঠ মাঠে।
সারসার লোক COVID-19 কে পরোয়া না করে
কুড়িয়ে নিচ্ছে সফেদ হাসি।

লোকে বলছে ওটাও নিয়মরক্ষা।
একপ্রকার ছলনা
যার আরেক নাম নিয়মরক্ষা।

তুমি বেরসিক
না- বুঝেই ঘরের দরজা ভেজিয়ে দিলে
সাবলীল হল তোমার কর্তব্য রক্ষা,
আমি নিয়ম মানলেও
তুমি উচিত আর অনুচিতের মাঝখানে
যে বেড়া দিয়েছিলে
তা-টপকে চলে যাচ্ছে লক-ডাউনের লোক।

ধাপার মাঠ পরিষ্কার হচ্ছে,

COVID-19 নামক যে রোগটা নতুন এসেছে
তার নাম তুমি দিলে নির্বাসন।

শৃঙ্খলা নামক পরাজয় তোমাকে আর

তিষ্ঠতে   দিচ্ছে না।
তবুও তোমার সাবলীল ভ্রূ-ভঙ্গি
উড়ে যাচ্ছে বিধিনিষেধের সংখ্যাগরিষ্ঠ মাঠে।
সারসার লোক COVID-19 কে পরোয়া না করে
কুড়িয়ে নিচ্ছে সফেদ হাসি।

লোকে বলছে ওটাও নিয়মরক্ষা।

কুলকুলে ঘামের দিন

কুলকুলে ঘামের দিন এল

এই বেপরোয়া গ্রীষ্মে একটাই পেলব
তাতে, নো-ককটেল, স্রেফ ঠান্ডা মকটেল
এই যাতে থাকতে পারে একটি পাকা বেল
                        সাথে
            দই হাফ-লিটার
            আর
                    কাগজিলেবুর পাতা
        কিংবা মিল্কমেড চিনি, আর তুমি
                তুমি, মানে দাতা

বেলের ক্বথের সঙ্গে জুসের মিক্সারে
অনবদ্য, ফুটে উঠছে উপভোগ্য দৃশ্য পাড়
            একটি-দুটি গরমের কাঁথা

হতদরিদ্র

উপমা রোদ্দুরে গা-ঢাকা দিয়ে

হেঁটে চলে যায় হতদরিদ্র কালো বট
বিশাল আস্ফালিত ঝুরি-যুগলে হেঁটে
সে চলে যায় সূর্যাস্তের পরপারে।

ঝাঁকড়া ঝাঁকড়া রাশভারি পাতা
ফুলে-ফুলে ওঠে
কোনও ডাহুকের ডাক, দূর থেকে পাখির কোরাস
ভ্রমরের গুঞ্জন
কিছুই সে গ্রাহ্য করে না

সে চলে যায় বেদনার অন্তিমে
হাড়হাভাতের কাঠগোলায়...

আমি দূর থেকে তার নিঃসীম চলে যাওয়াটুকু
দেখি।

একগোছ আন্দাজ

ফ্লোরে কত বকুনি খেয়েছি

আগুন খেয়েছি নিজে-----মান্থলি রিচার্জ
তার থেকে একদিন সুযোগ এসেছে
সব মুলতুবি রেখে কাজ করে গেছি
            কত মেকাপের কাজ
কত রঙ, কত আলো, কত কত সাজ
তাতে পলকা বাতাসের ঢেউ এসে উসকে দেয়
            ঠান্ডা হাওয়া
                ফাঙ্কি লুক
একগোছ আন্দাজ।

শিক্ষানবিশ

অসন্তোষ যেভাবে টানে ঝরনার জল

যেভাবে গাঢ় আলিঙ্গনে পৃথিবীর সুডৌল মুখে
ধরা পড়ে চন্দ্রের কালিমা।
সেইটুকু প্রারম্ভিক বিচার
তারপরের অছিলায় জল চলতে চলতে শেখে
সেইসব গাড়িবারান্দার স্ট্র্যাটেজি
আর শেখে ছলিত কলঙ্কলতাদের আস্ফালনে
কীভাবে সিন্দুর বিন্দু মুছে ফেলে
বনেদিবাড়ির মেয়েরা।
এইসব শেখার কোনও লালানিঃসরণ নেই,
শুধু আছে ক্ষরণের দৃঢ় বাস্তবতা আর
একগুচ্ছ হারানো অতীত।

প্রিয়ার সে টান

পাশের বাড়ির পাঁচিল থেকে

যে অসহিষ্ণু আলো
উড়ে এসে বসে আছে তারে,
তুমি শাড়ি মেলতে গিয়ে শুনতে পেলে তার
ডানা ঝাপটানির শব্দ,
সে তো ভীরু----উড়ে যেতে চায়
অন্য কোনও তারে।

আমার প্রাণবায়ুর পাশে যদি এসে বসে,
কিছুটা দূরত্ব থেকে মাধ্যাকর্ষণের মতো
প্রিয়ার সে টান
কীভাবে উপেক্ষা করি,বলো?

পরিবেশও ফিরে পাবে

তরমুজ থেঁতো করে এক-কাপ রসে

উইচ হ্যাজেল নিন।
উইচ হ্যাজেল-----'মেরিকায় জন্মানো
গাছের কান্ডের রস, যেটি
এখানেও কিনতে পাওয়া যায়।

তাতে একটু জল নিয়ে এক-কাপ করে ফ্রিজে রেখে
বের করে তুলো দিয়ে টোনার করুন
প্রয়োজনে এর মধ্যে কিছু ফোঁটা ভদকাও মেশান
তৈলাক্ত ত্বকের জন্য ভদকা বেশ ভালো।

কুড়ি মিনিট পর জলে মুখ ধুয়ে নিন,
দেখুন ঝলমলে হবে আপনার ও-ত্বক
পরিবেশও ফিরে পাবে আলো।

খনিজ

এক-এক জন্মের তীর্থে গড়ে ওঠে ভাঙা সাঁকো,

যেন সংযোজক অব্যয়, তাকে কিছুতেই
ফেলতে পারি না।

মিথ্যে অনুযোগহীন সেইসব জন্মের পাদপ্রদীপে
জাগ দেওয়া থাকে আমাদের আড়ম্বরহীন
আনুগত্য।মিশে যায় না, স্মৃতিতীর্থের
আড়ালে আবডালে উঁকি দেওয়া
সেইসব অবয়ব খনি থেকে তুলে আনে
একটি-দুটি আকর সম্পদ।

বিন্দিয়া চমকেগি

নতুন কনসেপ্ট মোড়া
সাজগোজে যে অন্যরা

এক্সট্রাঅর্ডিনেট করে
রাখে
তবেই ছেলের শুদ্ধি   সবুজের অবরুদ্ধি
রুদ্ধতার বুদ্ধি ঝরে
টাকে
টাকের প্ল্যানিং টাকা   গ্ল্যামারের চার চাকা
ইচ্ছে দিয়ে জোড়া জোড়া
তার
যেমন সম্পর্ক সূত্র   মেলে ধরে বহুমূত্র
পরামর্শ?   পেচ্ছাপের
দ্বার

বিশ্ব উষ্ণায়ন চাটছে

মেট্রোচালকের বেশে ছটফটে কবিরা

আম এসে দাঁড়িয়েছে—ছটফটে কবিরা
কাম-বিকৃতির দেশে প্রেক্ষিত এসেছে শেষে
দয়া দিয়ে লাল করছে শিরা
শিরার প্রেক্ষিতরীতি রিপোর্টে চড়ানো
বিশ্বাসে ন্যাকড়ার পাশে ফতোয়া জারির ঘাসে
অন্যায়ের বিভক্ত দানব
যার প্রস্তাবিত রীতি ক্যাব বৈঠকের আগে
জমির সমস্যা আছে—আছে, তা কি মানো?

জমি কৃষকের বেশে ছটফটে কবিরা
আম এসে দাঁড়িয়েছে ফজলির ফাজিল রূপ
ফেটে যাচ্ছে এক্সপোর্ট ছবিরা
কিন্তু থিম গনগনে
ক্ষতি ঝরছে উষ্ণায়নে
বিশ্ব উষ্ণায়ন চাটছে টগবগে শিরা

প্রমাদ

জাফরিকাটা দিনাতিদিন, সন্ধ্যেরাগে

ঘুমিয়ে থাকে থিমের থটে স্বপ্ন এঁকে
মায়া বলতে, বাজার করা সব্জি ব্যাগে
যেমন ভাবে উছলে গেল কবজি সেঁকে

কবজি বলতে, হাড়মাল সার, বদ্ধ-পেখম
জুটিয়ে নিচ্ছে আঁতুড়ঘরের স্তব্ধ নিয়ম
এক-একটা রোদ পকেট থেকে ছুটিয়ে নিলে
চারিয়ে ওঠে রবির পরে, মাঝখানে সোম

বিদ্যে-বিবেক আলসে এখন, সময় খোঁজে
থাবার পরে বাজার যেমন ছোঁয় না মানিক
নদীর স্রোতে স্বপ্ন বলতে দু'চোখ বোজে
পিচকারিতেও ছিটকে ওঠে মেঘপাহাড়ের খানিক-খানিক...

স্মৃতির দিনে

স্মৃতির সঙ্গী জীবন যাতে ঠেকলে বা-কী?

এক উদ্ধারের প্ল্যানিং অনেক—ভরসা রাখি,
জগৎ-বেলায় কী-সাজ হবে সময় জানে,
কিন্তু সময়, সূক্ষ্মকাজের চিলতে খানেক
জরির ফাঁকে আঁটকে রাখে।জরির কলকা
বাতাসে রঙ ছাড়ছে, বাতাস বেশ চলকায়।
প্রয়োজনের চমক ভাঙে—ফ্যাশন প্যারেড
মাত করে দ্যায় জুয়েলারির বার্ষিকী গ্রেড,
গ্রেডের যুগে শাড়ি—বিডের লম্বাটে হার
বাছতে-বাছতে শিল্পবোধের বিচ্ছিরি গাড়
ফাটতে থাকে—সরতে-সরতে যদ্দূর যায়
স্মৃতির দিনে মিনেকারি ঝুলছে সোফায়।

ইচ্ছেকুটুম

ইচ্ছেকুটুম জল খেয়ে যায়, বনবিহারী গাছের মাথায়

গাছের নীচে লুকানো হ্রদ, দশবিশ হাত গদ ফিরিস্তি টানা...
হ্রদের উপর ইচ্ছেডানা—ও পাখি নয় চোর
খেজুর গাছের আশাপ্রদ চমকানিতেই হঠাৎ জাগল ভোর
বন্ধু ওরা সদলবলে, পথের ধারে, গাছের তলে...
গাছ হয়ে যায়, পথ হয়ে যায়—মাথায় তখন ঘোর
ইচ্ছে করে ঘোরকে ঠেসে যেমন পারি মন্দবেসে
শুনিয়ে আনি লুকানো হ্রদ গোপন কিছু ক্ষত
ও দরবারে জল খেয়ে যাও
পাশবালিশে কোমর দোলাও
কোমর দোলাও মাধবশাখা, রাধাচূড়ার ডালে
বংশী বাঁকা— মনোহারীর গোষ্ঠ কালে-কালে
জিরিয়ে নিয়ে পিছন থেকে ফিরিয়ে দিচ্ছে কাল
কোমর থেকে বিচ্ছুরিত সবাই আপন, গত সবাই
মাথার উপর এটাই কলিকাল
ইচ্ছে থেকে দু'হাত বাড়াই
'আয় কাছে আয়'—উদিক তাকাই
চোখেও ছানি—ইচ্ছেকুটুম, খেজুরপাটি পাতে
বেশ করেছি, বসতে গেছি
বেশ আমুদে এসবই কেস—তাই না?
তোমার আমার দূরত্বটাই

তোমার সাথে দু'রাত কাটায়,শীর্ষে ওদের কেউ চেনে না—কী
বাঁচি, কী মরি!
দশ-বিশ রাত যেখানেই যাই—সব চিন্তিত কেন?
বন্ধুদের কী তাতে?
ওদের খাই না পরি?

বিনোদন

...টেস্ট করে তাই ডাবিং দেখি
ছবির জন্য শরীর সেঁকি

শরীর খোঁজে কেরিয়ারের শেড
ওগো প্রশ্ন তোমায় জানি   পার্টিকুলার তাকেই মানি
খাওয়ার পরে হালকা দুটো ব্রেড
পরিক্রমণ চূড়ান্ত নয়   দিনে পুজো রাত্তিরে ভয়
ভয়ের পরে সূয্য রেডি থাকে
প্রতিক্রিয়া রিলিজ হলে   অনুষ্ঠানের দু'কান ম'লে
ম্যাডক্স স্কোয়ার ঘুরবেন সাতপাকে...
জটিল হল প্রেমদিওয়ানা   বিনোদনের ইচ্ছে ডানা
ইচ্ছে, যাকে ব্যস্ত করে উড়ি
ব্লাউজ-শাড়ি-বডি লেবেল   কে দেখাচ্ছে? কাতিল চুডেল
টাইপ-কাস্টে ওড়াচ্ছে কে ঘুড়ি?

আকুতি

সামনে ঘুমের রাস্তা থেকে

আঁশটে হলুদ-হলুদ সুতো
খুঁজে আনতে রাত কাবার হল
এ কথা কেউ শুনতে না পাক
অপভ্রংশের ভাষা জেনে
রাতজাগা এক পাখির কাছে বোলো

অপেক্ষাদের

অপেক্ষাদের গরম তেলে

ফাটছে আকাশ পুজোর সেলে
        পুজোর পরে টানা আড়াইদিন
টুরের সাজে গরম-কাপড়
চামড়া নিয়ে ভাজছে পাঁপর
তার একটু দম কোথায় হল লীন? (!)
ঠিক করে নিই বাইট দেবো
ছিলিমছিলিম তামাক সেবন
        তামাক থেকে ধোঁয়ার আশা ওড়ে
        সিদ্ধান্তের পরের পরে
        ইভেন্টগুলো ঢুকছে ঘরে
কয়েকটা দিন অপেক্ষাতেই পোড়ে।

পৃথিবীর বৈকালিক নাম

পৃথিবী নামক এই বালিশের উপর

আমি শুয়ে আছি।
শুয়ে শুয়ে ভাবছি তোমাকে
তোমার আরব্ধপ্রায় লক্ষ্যহীন প্রাণ
আমাকে যে গতকাল
সাঁতারযজ্ঞে
আহূতি জানিয়েছিল।
তার থেকে হিস্যা নামক শিসধ্বনি বের হয়ে
আটকে ছিল ছায়ার কঙ্কালে,
ছায়াটি তোমার ছিল তাই
তোমার নামের মধ্যে পৃথিবীর বৈকালিক নামও
কীভাবে সেঁধিয়ে যায়!

কান ঘেঁষে যায় ওই গুলিটা

ইন্সপেক্টর কাত হয়ে রয়, কান ঘেঁষে যায় ওই গুলিটা

পাল্টা কথায়ঃ ' গুড ব্যাড এন্ড আগলি ছবি'
গুন্ডা দলের তাবড় ওরা, কখন আঙুল নিজেই ঘোড়া
ট্রিগার চাপে...স্লো মোশনে বেচার সৌরভ-ই

মাঠের মাঝে খেতখামারে, কাপড় তুলে ছক্কা চারের
নাচাগানা, প্রেম-ভিলানেল—বিনোদনের পার্ট
রিংগো থেকে রিং খসে যায়—থ্রিলারগুলো জুটছে ধাবায়
আয়েসিদের তকমা দেখে ঘুষোঘুষির চার্ট

নায়ক পরে স্টান্ট হয়ে যায়, গল্পেমোড়া অ্যাকটিভ খায়
সে বাঙালি টিকিট কেটে প্রেক্ষাগৃহে ঢোকে
চলল গুলি ওই গুলিটা,ইমপ্রেসিভের স্ট্রং ঘুষিটা
ট্রেলর ওরা, বাগড়ে ধরে নাকের কাছে ঠোকে

রক্তঝরায় কোরিওগ্রাফি,পুজো ওসব সময়মাফিক
নিয়মমাফিক ঋতুতে ফুল ফোটে?
কৃষ্ণলীলা সাঙ্গ হলে স্টেপের পরে স্টেপ এসে যায়
সাঙ্গপাঙ্গ এখন জলবোটে।

তাৎক্ষণিক

সামনের সারিতে দাঁড়িয়ে

কাদাখোঁচা নামক পাখিটি
বিশেষণ পাশে রেখে অব্যয় তুলে নিল কোঁচে

এ বিতর্কসভায় আর এমন কে
তার কথা বোঝে?

নিপেন সাধু

বেকার না ছাই আকার দেখা অপ্রকাশের দাবি

মিটিয়ে চলি। ত্রিগুণতত্ত্বে মায়াবী রাক্ষসী...
সাধুর বেশে নিজ আসনে বসি,
শ্রদ্ধাগুণের মৃত্যু জানে তত্ত্বগুণের জ্ঞান
জ্ঞানের পাশে আওড়ায় কান—'যজ্ঞে কিছু দ্যান'
কান ঘামিয়ে উড়ছে মাছি চলন সই ঢেকুর
সাত্ত্বিক মন থোড়ায় দেখছে রুমাল হলেন মেকুর...
পা পেল যেই বিশৃঙ্খল কাষ্ঠহাসির শেষে
যৌনাঙ্গে তৃপ্ত সাধু দাঁড়াবে কোন বেশে?
কাছার পিছন খানিক ঝোলা পঞ্চমোকার পাতা
পৃষ্ঠাগুলো উড়ছে হাওয়ায়, মালুমই নেই খাতার
অনেকসময় ট্রেনে কিংবা বাসের সিটে গেলে
জমিয়ে সাধু গল্প-বাসেন, ভালোরা সব জেলে
সন্ত যারা বুদ্ধি বিলোয়,আঁকড়ে ধরেন
সাধুর দাঁড়ি-কমা
হালেই তিনি বাংলা লেখেন সংস্কৃতেও তরজমা
ফেঁদেই বসেন।সময় পেলে আস্তানাতে যাই
সাধু আমি এক আসনে, অভেদ দুজনাই
অনেকগুলো মৃত্যু কোলে,মাথার খোলে পঞ্চমুণ্ডি
সময় পেলেই ভেলকি দেখান যাদুর
ক'দিন হল গঙ্গা পেলেন গোঁসাই নিপেন দাদু।

মাধবী ডিঙা

নিদ্রাহীন এক-একটা দিন

এভাবে গুটিয়ে যায়।জেগে থাকে সুরম্য কপাট

একদিন আমিও ওই দ্বার খুলে ঢুকে গেছি
মগ্ন জলাশয়ে

চতুর্দিকে পরিখা পাথর

তুমি চাঁদ বণিকের ছদ্মবেশে উড়ে এলে
হাতে হিন্তালের লাঠি—মোহিনী ছড়ানো।

ওই দূরে ভেসে যায় ঘুমঘোরে—মান্দাস বেহুলা...

সাতখণ্ড হয়ে আমি ভাসাই মাধবী ডিঙা
ঝঞ্ঝাহীন মগ্ন প্রতিরাতে।

লখাই

অরক্ষিত রেখে তুমি কোথায় চলেছ—ওহে নদী

হে চঞ্চল বইঠা নামাও

কালীদহ ভেসে চলে কমল প্রবাহে

প্রতিবাতে ভেসে ওঠে ভেলা

সুরহীন সুরম্য মান্দাসে ওটা কার হাড়?
হে বেহুলা সতীসাধ্বী রমণী আমার

তুমি আজ বাজি রাখলে তোমার যৌবন

নগ্ন নদীতট ধরে ওরা কারা হেঁটে যায়
ডাকাত সন্দেহে

জ্বলে ওঠা তোমার আগুনে ওরা আত্মাহুতি দিলে
জ্বলে ওঠে তৃতীয় নয়ন

ছইয়ের ভিতর থেকে তোমার লখাই
গেয়ে ওঠে ভাটিয়ালি গান।

হলুদ সন্ধানী চোখ

হলুদ সন্ধানী চোখ

ঢেউ ফেলে যায় কাজে-কাজে
হিসেবের ভাঁজে
একথা পেইন্টেড করে রাখা

কিন্তু আখা গরমের এই বসন্তের শেষে
ডানা-খসা হালকা রং বিকেল দিয়েছে

যেটুকু পায়ের শান্তি তার পরেকার পরে
আধো ধোয়া, আধো মেলা, পেস্তারং সিল্ক উড়ে যায়
পড়ে থাকে একটি ঘোড়া ময়দানের রেসে
কে তাকে হারায়?

স্রোতের ভিতরে আমি

স্রোতের ভিতরে আমি স্রোতহীন আগামী পৃথিবী

যাকে তোমরা জলে গুলে খেয়েছিলে বিরাট মায়ায়
সে মায়া দুমড়ে ধুয়ে চলে গেছি মজ্জা থেকে দূরে
অন্যপথে, অন্যলোকে—রাস্তা ঘুরে-ঘুরে...

চেতন চেয়েছি আমি অচেতন আগামী পৃথিবী

মায়ার সাম্রাজ্যে আমি যাযাবর, সফলতাকামী
তোমরা যাকে অনাবিল ডাকো—অন্তর্যামী
স্রোতের ভিতরে আমি অন্তহীন, নির্বাসিত স্রোত
এ-দু'চোখ কুরে খাচ্ছে জলবিন্দু...ভারসাম্য...
দূরে হাসছে পৃথিবীর গ্রোথ।

বাতাস চোর

শোঁ শোঁ বাতাসের শব্দ

খুলে যায় খিড়কির দুয়োর

সৌরসকাল
সৌরবিকাল
মাঝরাত্তির—'কে ওখানে?'
'এই তো আমি
          আমি বাতাস চোর।'

খড়

শতদল পদ্ম রাখা

সে আমার ঘরের বাথান
আগুনের আঁচ লেগে তার
জ্বলে যায় তীব্র দু'কান

ফাই-ফরমায়েস খেটে
সে জমিন বিক্রি হলে
শতদল পদ্ম তখন
ছুটে যায় মাসির কোলে।

মা-মাসির গল্প ভারি
বেড়াতেও লজ্জা করে
দুখিদের এমনি জরা
রাত হলে ঢুকবে গোরে!

সারাদিন পঙ্খ্য কাটে
সারারাত নষ্ট যে চাঁদ
ওষ্ঠের দ্বন্দ্ব গেলে
কাঠামোর বিচ্ছিরি ছাঁদ!

বের হয় অষ্টবক্রা
খুলে যায় দাঁতের পাটি

শতদল পদ্ম মেখে
খড়েরাই বাঁধবে আঁটি।

খাচ্ছি বোঁদে

সংস্থা যারা শেয়ার খাটায়

চুনাগলির আসল পাটায়
                কান্নুর পিরিত
ঢেকুর তোলার কয়েক ফুর্তি
        পিছন দিকে উদরপূর্তি
                সংস্থার শীত
শীত-সংস্থার তেল-ভাত-নুন
জোটাচ্ছে কোন বাখারিচুন?
                তৈরি মন্ড
হিসেব হলে খারিজ করে
চুনতত্ত্বের আর্জি সরে
                যায় প্রচন্ড
ঝড়-বৃষ্টির এহেন রাত
সূনাগলির ফিরিঙ্গি সাথ
                বেশ আমোদের
বক্তা যখন আমার আমি
পিছন দিকে ছাগের স্বামীর
                খাচ্ছি বোঁদে

পারি যদি ছিঁড়ে নেব

পৃথিবীর শেষ প্রান্ত ছুঁয়ে তোমার করোটি।

তোমার চেটোয় ফুল।ধান-দূর্বা উড়ে যাচ্ছে সবুজের ঘ্রাণে।
গন্ধ-পুষ্পে ঝরে পড়ছে দোল-মরুভূমি।আবীর
খেলায় মাতছ, আজ নয়,কাল খেলব বালি ফুঁড়ে
মরু-মৃত্তিকায়।এক লহমায় পাল্টে যাওয়া নব তৃণাঙ্কুরে
ছড়াব তুলোট কাজ।পাতার উপরে পাতা
সাজিয়ে-গুছিয়ে গড়ব হাউসফুল বাড়ি।তুমি
তুমি টিকিট সেল করবে, আমি রঙ-তুলি নিয়ে বসব
দু'দণ্ড, বসব তোমার অপেক্ষায়—তোমার তুলোট
মুখ, ঢেকে রাখা ছবির মতন,স্থবির যুগল-ভ্রূ
বন্দি করব আইশপ্যাকে।প্যাশন পাল্টে যাবে,তালুবন্দি হবে
করতল।এখানেই শেষ নয়
পারি যদি ছিঁড়ে নেব আরও আরও একগাছা চুল।

মিঠি

বাঁধ ভেঙে দেয় ঝিরঝিরে মন—পাগলাটে যৌবন

একটু একটু পাথর খসে প্রেম থাকে এক কোনে

ভালোলাগার পিরিত আলগা—ছোট্টোপড়া মন
প্রশ্নগুলো উঠতি হাওয়ায়, খামতি ওদের টোনে

টোন পেরুলে ঝাপসা আলো—পুরুষোত্তমপুর
ডজনখানেক লালচে হাসি,কালীপুজোর পোকা

গভীর থেকে গভীরতর শরীরও ছোঁয় সুর
পরেরটুকু জলোচ্ছ্বাসের...অনুভূতির টোকা

শরৎকালে 'যা দেবী'-রা অগ্নিকে সমঝায়
ব্রতর মধ্যে নবরাত্রি—বিশাল উপাখ্যান...

মাথাতে যেই উঠল ফেনা—উষ্ণতাতে ঠায়
সংলাপকে আড়াল করে গলছে বোকা প্রাণ

জটিল হল প্রেম-দিওয়ানা—ঝাপসা ধুলোর গেম
ধুলোয় মাখা কভারেজে ইচ্ছে খোরাক চিঠি

মণিদীপার উক্তি হাতে মণিকান্তের নেম

পাওনাগণ্ডা চুকিয়ে দিলেন ডালহৌসির মিঠি

দৃশ্যের ভিতরে

অতিসঞ্চরণশীল এক একটি দৃশ্যের ভিতর থেকে

তুলে আনি কাশফুল,প্রজাপতি প্রেম,ধানফুল গ্রাম...
আমি আমার পুজ্যপাদ দিদিকে সেসব ছবি দেখাই,
জড়ভরতের মতো ছবির গা থেকে বেরোয় আঁশটে গন্ধ,
দিদি মাছ কাটতে ভালোবাসেন, তাই ছবিগুলোর প্রেমে
পড়লেন।প্রেমে পড়তে পড়তে প্রেমে পড়তে পড়তে ছবিগুলো
ফিকে হয়ে উঠল, সূর্য রঙ ঢেলে দিল গায়ে...

দৃশ্যের ভিতর থেকে ছুটে আসা স্থবির আক্ষেপ
মাঠ-ঘাট পার হয়ে ট্রেন ধরতে চলে গেল
দৃশ্যের ভিতরে।

বাসস্থান

চোখে এসে লাগে কলেজজীবনের হাওয়া

বুকে ফুটপাথের ধাক্কা
মুখে চোরাকুঠুরির টান...

এভাবেই বেঁচে ফিরি আসমান সমান...
নিজেকে উজাড় করি
পরিযায়ী পঙ্খীরাজের কোল ঘেঁষে
শুয়ে থাকা রাজকন্যার সোনার কাঠিটি
আলগোছে তুলে ফেলি

রাক্ষস-খোক্কসহীন এ জন্ম ভিটেয়।

সুরের চালা

ইথারে গান ভাসছে সুরের ছ'টা

তালের গোড়ায় মেঘের ঘনঘটা

ও পারে মেঘ শব্দের ঝনঝনি
কয়েক পলক এর-ওর কেচ্ছা শুনি

পাল ছেড়েছে নৌকা-জেলে-ছই
আর ক'টা দিন কাটাব হইচই

শেডের নীচে চিঁড়েচ্যাপ্টা লোক
ভিড়ের জ্যামে ভাঙল কীসের শোক

ওপারে মেঘ ছাপিয়ে গেছে নালা
বৃষ্টিজলে ভাসছে সুরের চালা

তন্ত্রের বিভূতি

তন্ত্রের বিভূতি গায়ে মেখে

ফিরে যাই অচেনা মহলে
যে অব্দি সাধন সংকেত ঘোরে গূঢ় পায়ে
আমি তার পরিচর্যা করি।

তারপরে প্রভাত-স্নান সেরে নিই, বাজাই বাঁশরি।

অন্তর্নিহিতি

জঙ্গলের মধ্যে থেকে যে আর্তচিৎকার তুমি শুনতে পেয়েছ

সে ক্রন্দনের স্বর আমার আত্মার
আমি যে আত্মবলয় থেকে নির্দেশ পেয়েছি
তোমাকে জানার।তুমি দক্ষিণের উপবন ভেদ করে
ছুটে আসছ আর আমার কান্নারা
তাড়া করে ফিরে যাচ্ছে তোমার আত্মাকে
জানি,আমি বায়ুভুক নই
অরণ্যে রোদন করা বৃথা
তবু আপ্তবাক্য থেকে যে ক্রন্দন ধেয়ে এসে তোমাকে জাগায়
তোমার বসবার জায়গা,স্নানঘর,ঠিকমতো আছে দেখে
ফিরে ফিরে যায়।
তার কাছে মলিনতা চাই

সাম্প্রতিক

যত দিন উৎসারিত নব নব প্রভাতের আলো,

তত তত অনুক্রম বিষাদ ছড়াল।

বিষাদের নানা টুকরো, ছুতোনাতা তাতে ফোটে আশ!
কীভাবে এসেছে রোগ বুকফাটা করোনা ভাইরাস?

ঘুম এসে যায়

টেস্টিং ছাদ জাদুর লড়াই

দাদুর ঘাড়ে নল ধরতাই
    যুক্তিবাদীর ছুঁ মন্তর ছুঁ
অমনি বিড়াল রুমাল থিকে
এল্লিমিনেশনের দিকে
    যাচ্ছে বেঁকে রাস্তাটি বন্ধুর
বন্ধুর পথ হাঁটতে ভালো
এ ওকে ঢিল ছুঁড়ছে—পাগল
    জুট-সন্ধ্যা হাওয়ার ঘরে মাতে
টেস্টি ত্বকের নতুন কলম
চলছে, যেন ঘষছ মলম
    ঘুম এসে যায় মশারীহীন ছাতে

পুনর্বাসন

রাত্রিবেলা ঘুম আসে না

যখন রাতে চাঁদের আলোর ঝিমুনি আসে
তখন বাঁধাকপির মতো
খোলা ছাড়ানো সম্বলহীন রাত
আমার সাথে পাঞ্জা লড়ে
বারবার হেরে যাই, আবার আবারও লড়ে...

পাশের বাগান থেকে একটা খেজুর ডাল, তার
গতজীবনের আড়মোড়া কাটিয়ে
ঝরিয়ে দিল সবকটি পাতা...

এ-দিনের সাজে ইন্দু

কনসেপ্ট এসেছে দেশে

হালকা পাড় ভালোবেসে
        ভালোবাসা মটকায়-কুর্তায়
চোখের কমপ্লিমেন্টারি
দেশোয়ালি দেশ—তারই
        এক-পলকা মিলেছে ও-গা'য়

বাক্সে তাজা কোলাপুরি
        বটুয়া ব্যাগের ঝুরি
        রোদ্র-জলে যাকে সুস্থ রাখে
আস্বাদ সিন্দুর বিন্দু
এ-দিনের সাজে ইন্দু
        জড়িয়েছে তোমাকে-আমাকে

সুখ-দুঃখ ফেননীভ

সোনালী আভায় টানা ঢঙ

নিপাট বেদনামাখা জীবনের খেলাঘর...
উপচে আসা ফালি-ফালি রঙ

একটু হাসায় আর তাক লাগে চিরতার জলে
সাগরের যত ঢেউ
সুখ-দুঃখ ফেননিভ
পার করে যায় মফসসলে।

ছিটিয়ে গেল

যতই জোরে হাসাও তাকে

বিচারবোধের উল্টো ট্যাঁকে
                দাঁড়িয়ে আছেন রোগ
ও-গুণগুলোর দাঁড়ি-কমায়
হিসেব করে জপাচ্ছে আয়
                ব্যস্ত বিচারবোধ
কয়েকদফার মাদাম কুরি
শিখিয়ে গেলেন কলজে চুরির
                খানদানি সব লায়
সাউন্ড সিকল না'য় মিরাকল
সবজান্তার রাস্তাতে জল
                জন্ম দিচ্ছে আয়
আয়ের প্রধান প্রার্থী যারা
নিয়ম করে তুষছে বারাক
                জোটের আশেপাশে
এমনি কী জল ডাইনে এল
পলিটিক্সের এক-এক পেলব
                ছিটিয়ে গেল ঘাসে

ম্যাগনোলিয়া পয়েন্ট

(ম্যাগনোলিয়া পয়েন্টের গল্প অবলম্বনে)

প্রশ্ন নিয়ে জটলা গড়ায়
জল চলে যায় পরের পাতায়
ও-পেজ-থ্রি
ফিনকি দিয়ে রক্ত ওঠে
ম্যাগনোলিয়া প্রেমের বোটে
বাহ্, কী দৃশ্!
ধর্মী গরিব সাম মেয়ে, যার
বিষয় থেকে ছুটছে বাহার
হৃদয় নিয়ে
সঙ্গে বাঁশি, সুরের টুকুস
ভাসিয়ে দিত সবটুকু হুস
মেয়ের গিয়েন
খুন হয়ে যায় বাপের হাতে
সেদিন থেকে কাঁদতে থাকেন
প্রেমিক যিনি
সূর্যটা গোল যাচ্ছে ঢাকা
বুকের রক্তে দৃশ্য আঁকা
দৃশ্য কিনি

জঙ্গুলে গাছ—বোগেনভিলা
কী আমুদে করছে বিলা
                প্রেমের ঝাপট
ঝিলিক দিয়ে উঠছে নামছে
অগুনতি ঢেউ খামচে-খামচে
                লুটোচ্ছে জট
আকাশ তখন ধমকানি দেয়
রেকগনিশন—বাত কেয়া হ্যায়?
                সৌর জগত
চিরদিনের মাথার উপর
বিছিয়ে দিল আধপোড়া খড়
                আর তার রথ

সে-তসর

যাদুর লড়াই চন্দ্রবিন্দু আকাশ থেকে একটা ইন্দু

জুটল কপাল, মনোমোহিনী টিপ...
বাজির সাজে ডিজাইনারের কুর্তি কিংবা সিকুইনে
সাজ্জার নানান চিপস
হাঁটতে হাঁটতে কলজে পেরোয়
কিংবা রাতে এক ঘরে শোয়
গদির উপর বিষের ফোঁড়া ওঠে
অনেকরাতে খোঁপার সাথে
কোমল মেয়ের অন্যখাতে
একটা ইন্দু চন্দ্রে মাথা কোটে
আহা ঘোর চুলের মুখে, ব্লো-ড্রাইয়ের পলকা তুলে
কমপ্যাক্ট আকাশ থেকে
বর্ডারের বটুয়া ব্যাগ নিয়ে
পুরুষের প্যাশন হলে, হা-মেজাজ ঢুকছে ছলে
অভিমান তলে-তলে
সেকালের মন মাতিয়ে
স্টেটমেন্ট তসর দ্যাখায়

সে-তসর কমবয়সী সুতোর কাছে যায় ফিরে যায়

অনেকটা ঠিক নেশার মতো

সে একদিনের নেশা,

আতপান্ন জলে মিশেছিল
ভুলচুক যা যা ছিল স্থির হয়ে গিয়েছিল
        —ছড়ানো-এড়ানো

রাতেও ঘুমোতে যাই কবিতা এল না
কোনকালে একবার এসেছিল একরত্তি কবিতা না ছাই!
ধূসর পাণ্ডুর বুক অমোঘ নেশার বশে সাঁইসাঁই করে

সে-ই আজ সত্য হল—সে যে কত বহুদিন ছুটে ছিল
        এঘোর মায়ায়
প্রপঞ্চ মায়াও কান্না ছাড়েনি এবার (সহজে কি হাল ছাড়বে?)
সেও আজ উঠে বসল অন্য কারও মুখ মনে করে
        তুলে নিল তুলো-তুলো কথা
        অনেকটা নেশার মতো।

উষ্ণায়ন জ্বর

ঘাড়ে ঘাড়ে চেপে বসছে উষ্ণায়ন জ্বর

উপরে ছড়ানো সূত্র—সবুজ চাদর

দূষণ চাদরে মোড়া, ঢাকা পড়ছে লোক
ক্রমে বাড়ছে প্রবণতা একটু একটু ঝোঁক...

জটিল বরফ থেকে আরও দূরে ধেয়ে আসছে জল
ধ্বংস হয়ে যাবে প্রাণী—উপকূল, সমুদ্র অঞ্চল!

আগে কি কখনও ছিল এহেন সঙ্কট
সমীক্ষার থট
এখনও কিছুটা দূরে
এই আসছে, ওই আসছে
মদে ভেসে যাওয়া একটা প্লট

পোস্টারে-ব্যানারে

প্রেমের বাইচান্স আমি

দুর্ভাগ্যের বড় মামি
বড় খোকা আবীরে-আকাশে

ফ্রেমে স্যার ভিনা পাত্রি
যিশুর ক্রুশের রাত্রি
ছুটে আসছে ঘটনার পাশে

ফলত ঘটনা শুরু
বিনাবাক্যে এসো গুরু
বাক্যের ওধারে এলিমেন্ট

ব্ল্যাকমেলারের লাভ
সঙ্গে চানা-----সদ্ভাব
গায়ে ঠেকছে কী-অদ্ভুত সেন্ট!

সে-এক জটিল ছবি
আঙ্কিঙের যে বান্ধবী
নাড়া দিল ইয়ং জেনারে...

প্রেমের নতুন ধাঁচ
প্রোব্যাবিলিটির আঁচ

লোকে দেখছে পোস্টারে-ব্যানারে!

লোকে দেখছে পোস্টারে-ব্যানারে!

তরুণ বয়েস

ও-বয়েস তরুণ বয়েস

কাল লাভ,পরশু ভাব—মেক্সিক্যান কেস
খাবারে উপচে ওঠা দেশ
আহা উচ্ছ স্বাদের বয়েস

ব্র্যান্ডমুখী বক্ষস্থল কনকনে বিলবোর্ড হয়
এক-একজন শাহরুখ, র্যাম্প মানে ছয়
ডেটের সংখ্যায় ট্রফি, ছাড়া গেছে অতঃকিম
ধরা যাক ডিজায়ারেবল
মনে পড়তো ছোটোবেলা—পুজো—জামা—সেল

ইত্যাকার সেল মানে চন্দনের ফোঁটা
কপালে চড়ে না,শুধু মাঠকে মাঠ পয়জার
হুটোপাটা
ক্লাবে ক্লাবে ছোটা
ধুন্ধুমার সালোঁ আহা,
সিসিডি
আউটল্যাঙ
স্পটই মারে চন্দনের তেস
সে বয়েস তরুণ বয়েস

দূরে জ্বলছে

ও মেহেদী, জ্বালাতঙ্ক

স্বাধীনতার নিপুণ অঙ্গ
হাতের উপর খোঁচানো ভিনদেশ

জমাট বাঁধে সেতুর মতো
অপারেটেড ওয়ার্ম যত
ইন্টেলিজেন্স—এক-এক ঘাপেই শেষ

হড়কা বানে ভাসছে ভারত
মাথার উপর মাছের আড়ত
মন্দা এসে চটকাল ঘাড়-পিন্ডি

চটকদারের একটা বিদেশ
হাতের উপর সাজাচ্ছে কেস
দূরে জ্বলছে স্বাধীন রাওয়ালপিন্ডি

প্রাণতত্ত্ব

সংকোচ করেছ যাকে তার তত্ত্ব ভিড়ে উপচে গেল

ওদিকে মাঠের মাঝে জমিতে স্যালোর
প্রাণ পুড়ছে ধকধক, প্রাণের অমোঘ স্পর্শ
জলেতে খোয়ায়,
স্যাঁতসেতে প্রাণতত্ত্ব মিলেমিশে দ্রুত ছুটছে
যেদিকে পরান
উড়ে যাচ্ছে ধোঁয়ায়-ধোঁয়ায়

পরানের সাথে এই দ্যাখা হল প্রাণের আবার

দেখে নিচ্ছে কয়েকটা পাগলে

নিকি-নিশা-ডোনা আর ছোটি

এই নিয়ে যত ছোটাছুটি
        যত দীপ্ত নাটকের শো-তে
রোদ্র এসে জুটেছে আদরে
ছোটোবেলা----সেই কোন ভোরে
        লেখালিখি মিশে যাচ্ছে সোঁ-তে
সমস্ত লেখার অংশে ওফ্
চলে যাচ্ছে বাঁধানো কচ্ছপ
        পিঠে তার টিবলে মতো জমি
যেতে যেতে কিছুক্ষণ বাদে
        কোথায় কোন কুকর্মের ফাঁদে
        গিলে ফেলছে নাটকেরই বমি
এরপরের বাতিল দশকে
ঘুমের মাহাত্ম্য ছেড়ে লোকে
        উঠে পড়ল কিচ্ছুটি না বলে
যেখানে মেশেনি কোনও ঘুঁটি
        অযথা স্ক্রিপ্টের কাটাকুটি
        দেখে নিচ্ছে কয়েকটা পাগলে

এটাই প্রতীক

প্রতীক যেন ছেদন করছে মহাকালের সিদ্ধি

ঘটের লক্ষ্মী ঘটেই আছে প্রথা তো সমৃদ্ধির
পেচক তাহার নীচের দিকে তত্ত্ব জানে তত্ত্ব
অষ্টপাশ এ ছেদনক্রিয়া তোমায় পাঠাই সত্বর
তুমি কেবল ভুল বুঝে যাও কর্মফলের ভোগ্যে
কে পাঠাবে ঘি-এর কলসি মহাকালের যজ্ঞে?
কে পাঠাবে সিদ্ধির ফুল শিবের দরজা বন্ধ
রাত্রে পেঁচা ভালোই দ্যাখে, দিনের বেলায় অন্ধ
এটাই প্রতীক বেদশব্দ, ব্রহ্মা----প্রতীক, পাদ্য...
যেমন সুর মিলিয়ে যায় চড়ার থেকে আদ্য
আবার ওঠে জ্ঞানশক্তি ঐশ্বরিয়ার রূপে
শিবের কন্যা মনসা যেমন শান্তি পায় না ধূপে।

ও পাগলা ঝাঁঝেই মরবে

বহুরূপে বহুসাজে জমে যাচ্ছে বস

ইচ্ছের নরম রূপ—কিছুটা সরস

ছিলিম ছিলিম ঝাঁঝ, ছিলিম ফিগার
আঁচড় তো কাটা আছে—দুয়ে-দুয়ে চার

আঁচড় তো কাটা আছে, ফিগারের বিচে
শরীর গুলিয়ে উঠল চারচাকার নীচে

কী যে ভারি-ভারি বুদ্ধি কাঁহাতক নাম
নাকি সুরে ঝাড়ি মারা কামদেবের কাম

স্পষ্ট হয়ে আছে লিকে, রসের বলয়
বেশি খেলে পেটে কিংবা পিঠে সবই সয়

এ এক খুকির গল্প, জানলা দিয়ে দেখি
ও পাগলা ঝাঁঝেই মরবে, তাহলে খাবে কী?

মদে ভেসে যাওয়া একটা প্লেট

ছাই-ভস্ম উড়ে আসছে গায়

ভগ্ন যদি কিছু থাকে

বিশ্বাস রেখেছ যাকে
    তার দেওয়া নিমেষের দৌড়
শ্রদ্ধা সহ মিশে যায়
যত চিনা রেস্তোরাঁয়
স্যাগিং-এর একটা-দুটো কোঁড়!

ফোটানো আমের রসে
মেয়োসস কী আপসে
    মিশে যাচ্ছে শ্রদ্ধায়----খাবারে
রেস্তোরাঁয় ফুটিফাটা
বিশ্বাসের নলিকাটা
শ্যালো ফ্রাই ডুবে মরছে জারে!

রানওয়ের চক্রে-পাকে
এসেনশিয়ালি তাকে
    চুল্লী ঘেঁটে খুঁজে পাওয়া দায়
তখনও নামেনি আঁচে
কী সমস্যা----খরচা বাঁচে
ছাই-ভস্ম উড়ে আসছে গা'য়!

রবির হাতের ছাপ

রবির হাতের ছাপ পায়ে পড়ে বারান্দাতে যায়

দুয়ারে উন্মুখ আমি ছদ্মবেশ গ্রামে ঢুকে আমাকে শাসায়

অবজ্ঞায় প্রাণপণে স্পর্শ করি স্পর্শ তারা মাথা তোলে এলাকার
ঘাসে
মুহূর্তে এগোল ফ্যান আতঙ্কের পাশে

আগুনের পাশে ছবি—আগুনের পাশে ঝাড়মাগুরমারির সেই
দেশ
বারান্দায় পড়ে থাকে কচি রাস্তা,বাঁকা ছাপ
শত-শত বৎসরের কেস।

বোলে মেরে লিপস

অস্ট্রেলিয়ার দক্ষিণে

তাসমানিয়ার পূর্বে ভারত মহাসাগরেরর কোলে
বিক্রি হতে যাওয়া দ্বীপ
কিনতে চাও—'বোলে
মেরে লিপস....'
যে দামে কেনা যায় গোটা একটা বাড়ি
সেই দামে ওই দ্বীপ কিনে ফেলা যায়
যে কোনও চর্চার এই টিপস
তাসমানিয়া ভূমি থেকে বেশি হলে
৫০০ মিটার দূরে এই দ্বীপে শুধু
এবড়োখেবড়ো পাথর ছড়ানো
আর আছে পেঙ্গুইন—ধু ধু
পিকনিক এই ল্যান্ডে
আমি আজ নিঃস্ব রেমব্র্যান্ট
হাতে অস্ত্রের তুলি—সিজিন্যাল
পোষ্য পাখির
ডিম পাড়তে আসা এই দ্বীপে
জারেজ সন্তান তুমি—
দাম হচ্ছে, দাম কিনছ...
কোনদিকে বিক্রি হবে দ্বীপ

কিন্তু, আমি ঠিক এই অঞ্চলের কোলে
দিনের অর্ধেক দিন কাটাব ঘুমিয়ে

85

সম্পর্কের লীন

পশুদের এ-জীবন আরও কত দিন চলে

সেটাই দেখার
এর মধ্যে যারা পশু, শুধু তাদের বেছে
স্টিকার লাগিয়ে দিচ্ছ গা-য়
বাকিগুলো স্টিকার বিহীন
মানুষের কাছে আর কী-আছে শেখার
স্পশহীন অন্তর প্রথায়

দেহ থেকে দেহ বিষে
জাতি ধর্ম নির্বিশেষে
দেখে যাচ্ছ সম্পর্কের লীন
কী-এক ভীষণতম
আন্তরিকতায়!

জিরো টিলেজ

দুশ্চিন্তার প্রভাব দৃঢ়

জিরো টিলেজ যন্ত্র হিরো
টিলেজ খোঁজে জিরো আওয়ার—লাভ
ফসলি জমি যায় ভেঙে যায়
দুশ্চিন্তার প্রকোপ কোমায়
যন্ত্রে ওঠে উৎপাদনের ভাপ।
সে-উৎপাদন সুতোয় বোনা
হাইব্রিড চাষ ফুটছে কোনায়
একবিঘে মাল—উপদ্রবের দাম...
লুটছে ফুটছে সংক্রমণের
লক্ষণ, তাই কে বীজ বোনে?
ঘণ্টা দেড়েক যন্ত্রকে আরাম...।
শেষ করা যায়, শেষ হয়ে যায়
হিসেব ঘোরে পাতায়-পাতায়
কীট ও শত্রু সংখ্যা বাড়ায় দিন
সিনের মাটি আলগা হলে
ফসল ওঠে দু'কান মলে
ব্যারেল তেলের খরচাকে জামিন
কর্ম করার শক্তি হারায়
এ মৃত্তিকায়, সে মৃত্তিকায়
বীজ ছিটিয়ে বুনতে হবে রোগ

তথ্য প্রকাশ সমীক্ষাকাশ
বিজ্ঞাপনের একশো বাতাস
কাঁপাচ্ছে দেশ—যান্ত্রিক দুর্ভোগ !

About this Book

Poet Debashis Tewari is a brilliant personality of Bengali poetry of this period. This is his tenth book of poetry. In this book of poems, as there is talk of Panthajan, there is also talk of upper and middle class community. He looks at society and civilization from different perspectives, not only in urban life, but also in his poems about rural confusion and helpless people.

He looks at poetry from different perspectives. He is perfect at breaking the rhythm of regular poems. Adequate experimentation with style is also one of the features of his poems. Each of his books of poetry is a complete document. Sometimes personality and individuality are all in this book of his poetry. It is a brilliant addition to the present modern Bengali poetry.

www.ingramcontent.com/pod-product-compliance
Lightning Source LLC
Chambersburg PA
CBHW021334160726
47994CB00007B/2690